ループ 八月六日

濵部素男
HAMABE Motoo

文芸社

時というものは得体の知れないものである。歴史空間を帯のように過去から今、未来へ流れ続けるもの。時だけに身勝手にもループし、もとに戻ることも宇宙空間ではあるらしい。ループとは元に戻る意味と宙返りの意味があるようだ。もし、ループして戻れるなら、広島のあの憎き原爆と投下後の惨状を阻止したい。そしてその後の日本を見てみたい。そんな希望、否、悔恨の念がこの物語を紡いでくれた。

広島上空

　一九四五年（昭和二十年）八月六日午前八時五分、晴天の呉上空八〇〇〇メートル、遥か眼下に穏やかな瀬戸内の青き海が島々を優しく包みながら輝いている。

　外山信二《そとやましんじ》上飛曹、二十一歳は松山の第三四三海軍航空隊（343空）所属の紫電改《しでんかい》を翔《かけ》って上空警戒飛行を行っている。昭和十七年予科練甲種を終了し霞ケ浦航空隊に入隊、その後第一航空艦隊の第三四一航空隊、空母瑞鶴《ずいかく》の搭乗時はマリアナ沖海戦に参加し、ゼロ戦（零式艦上戦闘機）搭乗員として米軍戦闘機と戦った数少ない歴戦の戦闘機パイロットである。

　何度も特攻を命じられたが、戦闘技量の高い戦闘機乗り達は、貴重な精鋭として源田《げんだ》実《みのる》航空参謀に乞われ、呉海軍防衛を担う343空、松山航空隊に集められた。

紫電改は局地戦闘機として日本の軍事拠点、工業地帯、主要都市の防衛のために開発され、ゼロ戦に比べ旋回性能と航続距離は劣るものの、速度、上昇能力、防御力、武装とも圧倒的に凌駕しており、米軍戦闘機F６Fヘルキャット、マスタングP－51と互角に戦える日本海軍の最新重戦闘機であった。

その時、下から何かが光り、機体の下方空間が弾幕に包まれた。

「馬鹿野郎、この日の丸が見えねえのかよ」

呉灰ヶ峰の一二七ミリ海軍高角砲台が米軍戦闘機F６Fと間違えて対空砲火したものであった。翼を振って日本機であることを示すと「申し訳なし」の発煙筒が撃たれた。

「敵さんに似ているからしょうがねえ」

外山上飛曹は真青な空に呟く。

前方一万メートル、同じ高度八〇〇〇メートル付近にキラキラと銀色に輝く機体を発見、少し離れて同じ同型機がいるようである。増速して近づくと尾翼にRの大文字を付けたB29であった。

敵は外山の戦闘機を見つけ慌てて増速したが、回避行動はとらずに爆弾倉が開きかけている。外山は、間髪を入れず下方より潜り込むように接近し、翼の間と四発エンジンに向けて翼内四挺の二〇ミリ機関砲の引き鉄を、息を大きく吸い込み引き絞った。「ガンガンガン……」。二〇ミリ弾一〇〇発余りは吸い込まれるようにB29の基幹部に当たっていった。

初めは白い煙を糸のように吐いた後、あっと言う間に紅蓮の炎に包まれ空中で分解し、バラバラになって広島湾に落ちていった。パラシュートの脱出者は見られない。同行していたもう一機の姿は既に見えない。

この頃の日常的戦果の一つであった。

原爆投下

一九四五年八月十五日午前八時〇〇分、米国が二番目に開発した原子爆弾ファットマン搭載のB29ボックスカーは、千葉県木更津上空高度九〇〇〇メートルを東京湾に入ろうとしていた。

東京上空は雲一つない晴天である。機長のチャールズ・スウィーニーは、爆撃手レイモンド・ビーハンにまさに投下指示を出そうとしている。

今回の作戦は、前回の広島への原爆投下の失敗に懲りて多数の護衛戦闘機を配しての出撃であった。迎撃機への備えに心配はないが、日本軍高射砲群からの対空砲火が激しくなり正確な投下に不安が過《よぎ》る。命令は、東京湾の中心を目標にして上空八〇〇メートル付近で起爆させるべしとのことであった。

「投下」小型パラシュートを付けたファットマンは滝を流れ落ちる鯉のように

青い東京湾へ溶け込んでいく。ボックスカーと僚機は即回避行動をとり、神奈川方面へ転舵した。その瞬間、強烈な光と衝撃に襲われ、怪鳥も大きく揺らいだ。真っ赤な火の玉が巨大なキノコ雲の中からタール状のどす黒い雲と共に空に溢れ、せり出して来ている。

品川沖一〇キロメートル、八〇〇メートル上空で破裂した火球の熱波、重い衝撃波は爆撃被害を免れている国会議事堂、参謀本部、陸海軍省、皇居に、東京湾岸の横須賀の軍港、航空隊、沿岸部の町、漁村一帯に達した。ただ、木造家屋の倒壊・火災はあったものの、人的な被害は軽微で、火傷・転倒による裂傷・擦過傷くらいにとどまった。これから起こる放射能ストロンチウムの恐怖を除けばである。

交　渉

遡る八月九日、海軍次官で海軍大将の井上成美《いのうえしげよし》はシンガポールに向かう一式陸攻の機上にあった。沖縄沖からは、米軍のP－51戦闘機六機が護衛についている。戦闘はまだ続いていて、日米両軍から攻撃される可能性があるからである。

鈴木貫太郎《かんたろう》内閣が進めていたソビエトを通じての和平交渉が既に破綻し、日ソ中立条約も一方的に破棄された状況でジューコフのソ連軍はソ満国境を怒涛のように越えようとしていた。日本の政府代表、鈴木首相の名代として井上次官は、英国陸軍ルイス・マウント・バッテン元帥、米国陸軍ダグラス・マッカーサー大将、両司令官との終戦交渉に臨むためであった。

ポツダム宣言受諾は陛下よりの内諾を得ていたが、本土決戦を叫ぶ狂信的な陸軍青年将校はクーデターを起こし、国家を滅亡へと導く可能性が高かった。井上は後二〇〇万人以上の無辜《むこ》の民、子供達、女性、老父母の凄惨な犠牲を思うとこれ以上の無益な戦争を止めさせると強く心に誓った。今すぐにでも……。

シンガポールの三者会談で、ポツダム宣言の受諾、日本の無条件降伏は連合国側に受け入れられたが、避けがたい懸念についても協議された。陸軍による反乱をどう抑えるかであった。

陸軍が戦意喪失し、国民の被害が最小となる方法の幾つかの選択肢を連合国側は提案してきた。湘南と九十九里浜に敵前上陸し、一気に東京を占領する、東京湾の中心に新型核爆弾を落とし威力を誇示する等であった。敵前上陸案は日米両軍に相当の犠牲が出る上、民間人の大量犠牲者が予想されるので井上は拒否し、東京湾海上での核爆弾の示威については受け入れた。この案の受け入れは米国トルーマン大統領に報告され了解が得られた。

井上は短いシンガポール滞在の折、英国軍のヘリコプター、米国軍のジェット機の群れを見せられ、国力、工業力、技術開発力の大きな差を思い知らされた。

——やはり、亡き山本（五十六）さんの言われた通りだ。山本さんは、真珠湾で空母を取り逃がして日本の負けを確信し、ミッドウェーで自死を決意、トラック島で実行された。

圧倒的連合国軍の攻勢を前に、特攻と本土決戦しか叫べない陸海軍上層部を見るにつけ、無知・無責任・狂乱を戒め、諭すことの出来るのは権威ではなく、軍事的示威行為しかない無為無知の集合体と確信した。三国同盟不参加、中国・満州撤退・不戦を命を懸けても貫くべきであった、帰途についた機上で無念をかみしめる井上であった。

井上を乗せた機は八月十一日羽田陸軍航空隊に着陸し、井上はその足で宮中へ参内、鈴木首相、米内海相、木戸内大臣へポツダム宣言の受諾、東京湾原爆実験の了解を報告した。陛下へは即日木戸内大臣より報告され、十五日正午に玉音放送されることが決まった。

同日、日本政府は連合国に対し無条件降伏を通知、天皇陛下より国民に対しポツダム宣言の受諾と無条件降伏が放送された。東京湾上の原爆の圧倒的威力を目の当たりにした陸軍はただ唖然として玉音放送に聞き入るばかりであった。陸軍大臣阿南《あなみ》大将は敗戦の責任を背負い割腹、本土決戦を叫んでいた陸軍青年将校達は沈黙した。

終戦

米国陸軍マッカーサー大将が連合国軍総司令官として神奈川県厚木陸軍航空隊に降り立ったのは八月二十二日の正午であった。コーンパイプを軽く咥えた彼のサングラスの中の両眼に映る日本の風景は、コレヒドールの屈辱以来ずっと夢見ていた感慨深い情景であった。

国内外の全陸海軍は武装解除され、八月二十八日には横浜にＧＨＱ（連合国軍総司令部）が開設、東条英機元首相ら三十九名の戦犯容疑者が逮捕された。中立条約を結んでいたソ連は八月九日に一方的に条約を破棄、対日参戦して満州国に怒涛のように侵攻し占領した。南樺太へは八月十一日に、戦闘は十五日の戦闘中止命令にも拘らず三十一日まで続き、真岡郵便電信局女性交換手の集団自決を始め多くの悲惨な民間人犠牲者が発生した。

満州開拓団への虐殺なども多く発生、また、国際法を踏みにじる日本軍人・兵士捕虜のシベリア抑留もソ連軍により行われた。日本政府も連合国軍総司令部もなす術もなかった。ただ、スターリンによる北海道北半分の割譲要求は、トルーマン大統領により拒否された。朝鮮半島は、北緯38度線で南北に分断された。北はソ連と中華民国の支配、南は連合国側の支配となった。

一九四五年九月二日、米国海軍戦艦ミズリー号の艦上で日本の降伏文書の調印式が行われた。

憲法草案

白洲次郎は横浜のGHQのマッカーサーの執務室にいた。マッカーサーに対しアメリカ人より流暢で巧みなキングズイングリッシュで激論を交わしている。

先日、GHQより日本政府に提示された日本国憲法草案に対する問題提起であった。マッカーサー憲法草案は、GHQコートニー・ホイットニー民政局長(少将)とマイロ・ラウエル課長(中佐)が一週間で作成した案で、ドイツワイマール憲法とアメリカ合衆国憲法を参照したものであった。白洲は、日本政府と言うより、皇室を象徴としてでも護持してくれたことには感謝したが、草案全般について疑義を述べていた。

「次郎、誤解をするな。この草案は、提案ではなく命令である」

マッカーサーは冷静に言った。

「それほど言うなら、原爆を今度は人の上に落とそうか。それとも、ソ連の統治のようにアメリカ合衆国の一部、一州にしようか。当然、皇室と天皇制はなくなるけどね」

ホイットニーは恫喝的言動を繰り返した。

「強引に、草案を日本に押し付けることは愚かなことです。まして脅して憲法を押しつけるなど、後の歴史に汚名を残すことになりますよ。ホイットニーさん、日本は今新しき国に生まれ変わろうとしているのです。今こそ、新しい国のため、民主主義的対応が必要なのではないでしょうか。貴草案の骨子を国民に問うので四週間時間を頂きたい」

白洲はなんとか時間的猶予を願った。

「いま極東委員会は、日本を共和制にしようとして動いている。その場合、ソ連も日本の占領軍に加わることになり、自由主義・民主主義的考えは完全否定されることになる。我々の思う統治政策の実現は無理になる。当然、皇室は跡形もなくなるけどよろしいか。だから急いでいることを理解して欲しい」

マッカーサーはなだめるように言った。

「急がなければならない事情は分かりました。越権になるが、日本政府代表・吉田茂首相の代理として今ここで交渉し決定するためには、草案の二つの問題点の是正をお願いしたい。

一つ目は、自衛権についてです。日本が独立国である以上、国際法でも自然権として国家には自衛権は備わるもの。歩いていて物が倒れてきたらよけたり、手で防いだりするのは自然行動だが、この権利まで否定されれば独立国とは言えません。戦争はしない恒久平和の理念は是とするが、最低限の防衛力保持と自衛権の記述は不可避です。貴国とソ連・中国等の共産主義社会との来るべき衝突の折、日本が必要になるとは思いませんか。

二つ目は、基本的人権についてです。女性の参政権は私共も望むところであります。しかし、貴案の基本的人権の際限なき拡大は、国家再生と健全な民主主義発展の障害、必ず災いのもとになります。都市計画・社会福祉の推進、犯罪捜査・公正迅速な裁判・犯罪抑止をする上で、過剰な人権が問題の解決を難しくしていることは既に貴国が経験されている通りだと思います。

是非とも公共の福祉とのバランスを憲法の中に反映させて欲しい。この二項目を修正してもらえるなら、吉田首相始め日本政府の主なメンバーの了解を取った上、日本国憲法案を今夜中に作成して明日正午までにここへ持って来る用意があります」

白洲は一気に言い放った。

「分かった。君の修正を反映した日本政府案を作り、明日正午までにここへ届けてくれたまえ」

コーンパイプを咥えてやや左斜め上向きに顎を突き出しながら総司令官は答えた。

実際の憲法草案を作成したホイットニー局長は反対し抵抗したい様子であっ

たが、マッカーサーは詳細に拘り大局の見えない一弁護士に、「問題があれば二、三年後に改定すればいいんだよ」と諭《さと》し、了解させた。

その後、白洲は東京にトンボ返りし徹夜で日本国憲法案を作り、翌日早朝に吉田首相の承認を得て正午直前にはGHQ玄関へ駆け込むことが出来た。


一九四六年（昭和二十一年）十一月三日、日本国憲法は大日本帝国憲法が改正される形で公布され、翌年五月三日に施行された。

基本的人権の尊重、国民主権（民主主義）、平和主義を三つの基本原理として、吉田内閣の下で前文と一一章一〇三条からなる新しい日本国憲法が発布されたのである。

第九条は、日本国民は、「正義と秩序を基調とする国際平和を誠実に希求し、国権の発動たる戦争と、武力による威嚇又は武力の行使は、国際紛争を解決する手段としては、これを忌避《きひ》する」とされ、二項で、「ただし、国民の生命を守る為全ての国際社会が認めている最低限の自衛力を保持し、これを緊急避難として行使する権利を有する」とされた。公共の福祉の概念は、一二条（基本的人権の性質）、一三条（基本的人権の尊重）、二二条（居住・移転・職業選択の自由）、二九条（財産権）に反映され「公共の福祉によって基本的人権が制限されることがある」とされた。また、憲法改正は、九六条に於いて、「各議院の総議員の三分の二以上の賛成で、国会が、これを発議し、国民投票に於いて、その過半数の賛成を必要とする」とされた。

白洲は、神奈川の別荘で日本国憲法の内容を知り、胸をなで下ろした。人間というものの弱さ、脆さ、醜さ、狡さを知らずして生きて来た極端な理想形を、降伏した国の憲法に体現したいというアメリカ法曹の完璧主義を一部でも退けられたと思った。

新首都

新憲法が制定されても、世の中は物不足、食料不足で錯綜とし混乱を極めていた。庶民は闇市と買い出しで糊口《ここう》をしのいでいるが、ヤミ米は取り締まりの対象であったため、餓死する裁判官が出るほどであった。ある二都市の例外を除けば、東京、大阪はじめ殆どの都市は空襲で焼け野原と化していて、都市としての機能は皆無に等しい状態であった。

当時、日本で無傷の都市と言えば、京都と広島であった。六番と七番目の大きさの都市である。都市の規模や地形が、原爆の破壊能力を実験するのに適当で、原爆投下後の破壊効果を確認しやすかったため、あえて空爆は保留されていたのだ。その代わりに原爆実験は東京湾上で行われた。

日本の首都は、広島市に決定された。戦争被害を受けていない上、首都としての地理的安全性、都市としての交通利便性、繁栄と近代化の可能性、温暖な気候等が考慮され、GHQにより決定された。

先ず広島市街地を囲む峻険な山々、島々、峰、丘は全て崩され平地にされた。崩した土で広島湾、安芸灘、周防灘の一部まで埋め立てられ、戦前の広島市のほぼ三倍の広さの平野が出来上がった。

広島城は改築され皇居が移された。そして広島城を中心に碁盤の目の東西南北を仕切るアベニューと地下鉄、周回出来る都市型高速道路が整備され、海岸部には三〇〇〇メートル滑走路二本と二〇〇〇メートル滑走路三本を有する巨大民間飛行場が出来上がった。国会議事堂、最高裁判所、各行政官庁は皇居周辺に配されている。七つの川は残され、旧市街地は都市計画に組み込まれ、伝統文化として残すべきものは残され、廃棄されるべきものは区画整理された。宮島は文化財として島全体が保存され、小さな海峡が敢て設けられ保護された。

アメリカ人都市設計家マーク・ライトの設計により進められた洗練されたア

メリカ西岸シアトル市をモデルにした緑豊かな都市となった。山林地主、漁業組合、地権者から土地収用に対し反対があったが、問答無用で進めるGHQと補償金の前ではどのような抵抗も無力であった。

広島市の南西部に隣接する岩国の元海軍航空隊飛行場はアメリカ海軍に接収され、拡張され国内最大の極東軍事基地となっていた。グアム、沖縄と並んで、来るべき共産勢力との軍事的対抗拠点としてアメリカ陸海軍、空軍、海兵隊の巨大基地となり、日本の国防軍航空隊の基地として併用されている。

南東部の日本海軍の軍港であった呉市は、広島市に統合され広島港として西日本の海運の窓口になっていた。急傾斜の山々と江田島、能美島等の島々は崩され平地となり、海峡と湾は全て埋め立てられ広島市の一つの区となった。空襲でほぼ壊滅状態であったが、神戸・横浜と並ぶ貿易港となり、その賑やかさは戦前以上の街となった。

広島市の沿岸部には広大な敷地の国立広島大学が新設された。法学部・経済学部・教育学部・文学部・工学部・理学部・医学部を擁する総合大学で旧帝国大学と同等の難関大学となった。

新憲法の制定に伴い、関連する制度・法規の改廃が併せて行われた。悪名高い治安維持法は廃止され、特高警察も廃止された。刑法、刑事訴訟法も改定され、大逆罪、不敬罪、姦通罪等は廃止となった。少年法が新たに設けられ十八歳以下の少年少女に適用されることになった。女性参政権と国政参加が認められ、成人女性の投票が認められ、且つ、女性国会議員が誕生することとなった。また、農村の農地改革が行われ、封建時代からの小作制度は廃止された。加えて、GHQは戦争協力者の公職追放、財閥解体、労働組合結成、学校教育の自由化と矢継ぎ早に改革を進め、まさに民主主義が確実に具現化されたかに見えた。

希望と未来

外山信二は、母のことを思った。群馬県の郡部の農家の生まれである。五人兄弟の次男で、二十八歳の長男は既に中国より復員し、日々の農業に携《たずさ》わっている。下の弟は一人、僅か十八歳で沖縄戦で戦死、十五歳と十四歳の妹二人はまだ就学中である。父は戦争中に病死していた。母の懸命の看病にも拘らず、薬不足でろくな治療も受けられず風邪で亡くなってしまった。

信二は、一九四五年八月十五日に松山航空隊で武装解除されたのち故郷に帰った。戦時中は敵機撃墜の英雄として迎えられたが、終戦後の今となっては災いの源のごとき帰郷となった。いつかＧＨＱより戦犯容疑者として捕縛されると思われていたからである。

故郷は、風向き次第で鬼にも仏にも変わる農民の姿であった。信二が帰って兄と一緒に農業に勤しむにしても、食い扶持が増えるだけで生活が成り立たなくなるのは目に見えていた。母は帰ってきてと懇願したが、兄ははっきりお前の帰郷は迷惑と拒絶した。

ごめん、母ちゃん。信二はこの故郷を捨てた。

今、信二は東京の神田の闇市にいた。戦友の世話で闇市のバッタ屋を営んでいる。一面の焼け野原である。東京湾上の原爆実験による被災は免れたものの、東京は、一九四五年三月十日前後の無差別爆撃で十一万人以上の死者、八五万戸家屋焼失と三一〇万人の被災者という途轍もない大被害を受けていた。無数の復員兵、アメリカ軍慰安婦、家を失った庶民と、皆生きるため、食べるため、何でもありの餓鬼道《がきどう》の世となっていた。

また、共産党等今までは影を潜めていた極左集団も息を吹き返し、社会の底辺へ勢力を拡大している。信二は、盗品、まがい物、アメリカ軍横流し品、古本、米、小麦……何でも売り買いをした。生きるためとは言え、人を傷つけることは間々あったが、人に媚びたり、弱みにつけ込み人を陥れ、追い詰めたりするようなことは断じて行わなかった。

——生きるとは、食うことに非ず。光の中の色となること……。

信二は、東京湾の光る海の青を見て、遥かフィリピン沖での空母瑞鶴の最期の光景を思い出していた。マッカーサーの率いる陸軍部隊のいるレイテ湾に栗田艦隊を突入させるために、ハルゼー機動部隊を誘い出す囮作戦に空母瑞鶴の直掩《ちょくえん》として参加した。

一九四四年十月二十五日、早朝から激烈な空中戦が始まった。僅か九機のゼロ戦で百三十機の米軍攻撃隊に立ち向かった。圧倒的な米軍航空機に対し、付かず離れず、太陽を背にし七ミリ機銃を主に使い、操縦席狙いの射撃で彼はF6Fヘルキャット戦闘機二機とTBFアベンジャー攻撃機二機を撃墜した。

防弾性能の優れた米軍機は機体に当ててもびくともしないため、やむを得ない方法であった。彼の奮戦にも拘らず、僚機は次々に撃墜されるか燃料切れで不時着し、守るべき瑞鶴は爆弾と魚雷複数が命中し航行不能となって大きく左舷に傾いて炎上していた。

敵機が去った束の間、信二は、炎に包まれている瑞鶴を見つめていた。ぼろぼろになって燃料も尽きてしまった愛機を不時着させるため、瑞鶴の周りを旋回していた時のことである。

総員退艦命令を受けた乗員が飛行甲板へ集合し燃えながら沈みゆく母艦に別れを告げようとしていた。何と翼を左右に振る信二のゼロ戦に対し全員敬礼をしたのである。

一人一人の顔が見える。中には「あ・り・が・と・う」と唇が読める将官も見られた。信二は、差し迫る死の危険を前にした荘厳な挙措《きょそ》に言葉を失った。ぽろぽろと流れる水滴は止めどもなかった。彼らは海上に墜落してカタリナ飛行艇に救助されようとしている米軍パイロットを決して撃たなかった紳士であった。

不時着後、信二は駆逐艦に救出されたが、彼らの多くは帰らぬ人となっていた。忘れえぬ信二の原風景となった。

——誠実に生きて行こう。彼らの誠に応えるためにも。

その後、信二は鹿児島の海軍鹿屋《かのや》航空隊で特攻隊の直掩隊として沖縄特攻作戦に参加し、言いようのない辛い経験をした。直掩と言っても二、三機のゼロ戦で護衛など出来る筈もなく、操縦も覚束ない特攻機を目標近くまで送り届け、離れた空から戦果を確認し報告するのが任務であった。

特攻隊員の多くは学徒出陣で召集された即席のパイロットで、やっと離着陸が出来る程度の十八歳前後の若者達であった。敵艦に近づく前に殆どが敵戦闘機か猛烈な対空砲火で次々と撃墜されていった。弾幕の中で直掩の僚機に別れを告げ敬礼をする童顔と白いマフラーの笑顔にやはり何も言えなかった。虫けらのように扱われていた彼らの存在は記憶の中で薄れて消えてしまい、数と戦果ばかりで戦場を理解しようともしなかった参謀達は歴史の中で断罪されることはない。全てが虚しかった。

小雪がちらついている。二月の寒い夜にも拘らず夜空には煌々とした満月が昇っている。ベートーベン・ピアノソナタの「月光」が聞こえるか聞こえないかの音で、何処からともなく静かに流れている。

信二は、空襲の被害が下町と比べて少なかった山の手界隈から書籍、レコード、蓄音機等を米、野菜と交換で仕入れ、トタン張りの店舗で売っていた。知に飢えていた学生、若者達が競うように訪れ、名作、語学書、クラシック音楽のレコードは飛ぶように売れた。ただ、一枚のベートーベン・ピアノソナタ第十四番嬰ハ短調のレコード盤は手放せず、古い蓄音機で喧噪の中でも掛けていた。今は、真綿のような白い雪が地上に降り注ぎ、ぽっぽっと溶けて消えてゆくのをただ見つめていた。信二は、月の光が音楽の勾玉《まがたま》と共に天使になって降りて来たのを感じた。

――生きるとは、食うことに非ず。光の中の色となること……。

焼け野原の神田界隈のみならず東京は略奪、暴力と喧噪が支配して、闇の世界が頼るべき正義であった。正義の顔をした大悪人、人民の顔をした独裁者、共産党員の自由主義者等、訳の分からない社会。法の権威も、警官が殴られ追われる地域では意味を失っていた。毎晩のように縄張りを巡る喧嘩があり、翌朝は隅田川に数体の遺体が浮いていた。生きるためなら何でもしなければならない赤茶けた臭いの咽《むせ》るバラックの街、それが神田、新宿、池袋……そして東京。冬の夜の星だけが色となり、寒風の街の裏通りに密やかに映えていた。

信二の商売は上手く行き、地回りに因縁を付けられることもなかった。町の任侠筋の親分が信二の戦時の戦闘機乗りとしての活躍と貢献を知っていて、それとなく彼を影のように見守っていた。特に信二が広島に原爆の投下寸前のB

29を鮮やかに撃墜したことに任侠の義理を感じ、故郷の命の恩人と崇敬の念を抱いていた。彼の生まれ故郷は広島市であった。

信二の古本を主にしたバッタ屋商売は徐々に繁盛し、昭和二十三年には古本屋の看板を掲げるほどとなっていた。

そして、その年の八月、信二は黒崎はなと結婚して古本屋の二階に居を構えた。はなは、本郷区の仕入れ先の三女で、当時まだ日本女子大学四年の女子大生であった。

信二は、古本屋に加え、人と人、業者と業者の仕事の周旋も行っていた。荒れた世相の中での無償の行いである。浮浪の子供を養護施設に保護したり、労働者不足の道路建設業者に人を斡旋したりである。特に、戦傷者には無理のない仕事を頼み、上手く合う橋渡しを行っていた。寡黙な信二であったが、実際の行動で信頼を得ていた。

戦争に負け故郷を棄て、おまけの一生を過ごす我が身の精魂に何が出来るのか……。旧軍人の中には議員になったり、国防軍幹部に任用されたりで旧軍人会を盛んに開催し得々と壮語をなす輩《やから》が多くいる。一方で、終戦を実質的に取りまとめた井上成美海軍大将のように、神奈川の田舎で子供達に英語を教えながら世間から隠遁《いんとん》している軍人もいた。どちらも日本海軍の文化伝統の流れのように思えた。信二の脳裏にいつも浮かぶのは、瑞鶴の最期と紅蓮の特攻機の姿であった。

――俺は、いったい何をしているのか……、俺の生きている意味は……否、意味を問うのは止めよう。何が正しいかではなく、正しくあろうと思いながら生きることが重要と考えよう。

漆黒の天空に星が流れた。一戦闘機乗りとして戦い、図らずも生き残り、現在に悩み、未来に逡巡《しゅんじゅん》する日々の己の姿を別の己が静かに見詰めている。歴史に名を遺すのではなく、残る命を何にどう遣うかが正しさの課題と漠然と思えた。

　ある日、任侠筋の親分である長谷川朝吉《ちょうきち》が訪ねて来た。広島出身のヤクザである。いつものようにちょっと近くに来たから寄ったと言いながらいつも長居して話し込む彼であった。彼は、信二のことを親しみを込めて、信さんと呼んでいる。

「信さん、実は困ったことがあってね、おいらが仕切っている赤線で女達が客の子供を孕んでしまうことが増えておりやす。混血児を産み落とし、おれっちに何とかしてくれと泣きつかれて、どうしていいものやら困っておりやす。信さんなら何か良い知恵がおありと思い、参りやした」

「考えてみますが、止める手立ては何かあるでしょうか」

「進駐軍とお役所にも相談いたしやしたが、けんもほろろで、あることさえ認めない有様なんですよ。食うや食わずの素人売春だから金になる進駐軍客をとり、そのままでさせるのです。進駐軍側でも性病予防のためコンドームを配ってるみたいだけど、使う野郎はおらんですよ。残念だけど止める手立てはこちら側では……」

「親分は、なぜそこまで彼女達のことを気遣われるのですか？」

「おいらも私生児ということもあるけど、広島で捨てられたおいらを育ててくれた親父、お袋のことを思えば、何倍も不幸を背負う赤ん坊を何とかしないと思うのが男ではないかと思いやしてね。

おいらは、信さんほどではないけど、ドス一本で命のやり取りをやっておりやす。島を仕切り、守らなければならないヤクザ者ですが、広島の育ての親にいつも言われていた。心の真ん中に仁を持てと、論語の言葉で、おいらにゃ何のことかさっぱり分からなかったけど、この頃、何となく仁の意味が分かるような気が致しやす。こんな子らを見るのはぶち（すごく）、しわい（つらい）んじゃ」

広島弁の強面《こわもて》の極道者に似つかわしい言葉ではなかった。信二は全力でこの親分の力になりたいと思った。

今夜も、信二の側には、はなが静かに佇《たたず》んでいる。二人は店の縁側で夜空を見上げ、夢を紡ぐ如く無言で話し合う。いつもの優しい時間である。

はなは、旧財閥系企業オーナーの娘で何不自由のない恵まれた境遇で育ちながら、日本女子大学の創設者のひとりで大実業家の広岡浅子《ひろおかあさこ》の教えを忠実に守り、且つ実践する女性であった。

「九転十起、自分のためにしたいことに固執せず、社会のためになすべきことを見つけ実践しなさい」が彼女の口癖であった。また、彼女は父親の親類筋に当たる澤田美喜《さわだみき》女史が創設したエリザベス・サンダース・ホームへ週三回保母として手伝いに出かけていた。戦後、アメリカ兵と日本女性との間に出来た無辜なる混血の孤児達の、悲惨な運命に何とか立ち向かわなければというのが広岡浅子の教えと一致すると考えた上の行動であった。

はなは、澤田女史の勧めもあり、キリスト教の洗礼を受けていた。清らかな心と、一度決めたら突き進む強い意志の持ち主でもあった。

当時のホームは、日本政府からもGHQからもその存在を無視されて活動の妨害さえ受けていた。ホームと子供達への世間の目は厳しく、冷ややかであった。特に、半分以上を占める黒い肌の子供達は忌み嫌われた。しかし、生まれて一度も人に頭を下げたことのない三菱財閥創業者の孫娘である澤田女史が、子供達のおしめを替え、まんま、おんぶ、抱っこをしながらミルク代を集め、時には、私財を投げ打ち運営資金の捻出を懸命に行う姿に心を打たれない人はいなかった。

ホーム玄関の定礎に彫られた「喜ぶ人と共に喜び、泣く人と共に泣きなさい」は聖パウロの聖句である。信二もはなも澤田女史に惹きつけられた人であった。二人の出会いもまさにそのホームであった。

信二が親分の依頼で子供達の紹介を行い、はなが保母として働くこのホームで出会った。引かれ合い運命的出会いだと確信した。やがて、信二もキリスト者となった。二人の婚礼は、ホームを支援する芝白金の三光教会でしめやかに行われた。出席者は、媒酌人の澤田夫妻のみであったが、花の香りとビバルディに包まれ厳《おごそ》かに行われた。一九四八年の夏、はなは、まだ大学四年、二十一歳であった。

一九五三年（昭和二十八年）夏、はなは、児童二十名を連れて海に向かっている。やっと二歳になった双子の娘も連れての列車の旅である。向かう場所は、澤田女史の主人の故郷、鳥取県岩美町の夫妻の別荘、鷗鳴荘である。鷗鳴荘の前には岩に囲まれた静かな白砂の熊井浜が広がっている。この別荘と砂浜は、私有地であり無邪気に遊ぶ日米混血の幼児達を差別の目から守っていた。

はなは、夏の一ヵ月間子供達と泳ぎ、駆け回り、読み、祈り、生きることを楽しみ尽くした。

――生まれてきて良かった。

はなは、遠いアメリカ・ノースダコタ州にいる夫のことを思った。

再び大空へ

一九五二年（昭和二十七年）春のある日、信二の古本屋の店先に背広姿の初老の紳士が黒塗りの公用車から降りて来た。

「よっ、元気か」

源田司令であった。

「民主日本国は君の力を必要としている」

源田は松山航空隊３４３空で終戦を迎えた後、新生日本国の国防軍航空隊の総司令官となっていた。３４３空設立の時のように旧陸海軍のパイロット精鋭を急募していた。朝鮮半島の緊迫した情勢からＧＨＱ指示に基づく動きであった。

あらゆる宗教を否定する共産主義の拡大、台頭はキリスト者にとっても大きな脅威であった。

はなは、入隊にしぶしぶ合意してくれた。

信二は、国防軍航空隊の一員として岩国基地に赴任した。レシプロ機P51で首都防衛の任務を終えた後、一九五三年夏、新型ジェット戦闘機の日本人パイロットの教育指導者となるため、アメリカ・ノースダコタ州マイノット空軍基地へ派遣された。日本海軍の戦闘機乗りの中で最も凄腕パイロットを出せとのアメリカ側の条件に応え、源田司令官の推薦により信二が決まったものだった。

耳をつんざく轟音と衝撃波が地表の麦の穂を波打たせる。白が藍と相まってヘルメットのサンシェードを通した空はキラキラと輝いている。背に掛かるGが抜けると一転、緑の大地が目前に広がる。捻じりこみながら機首を上げ、吐き気を飲み込みながら教官の操縦する相手機を追尾し回り込み、機関砲の引き鉄を強く引き込んだ。模擬弾丸が相手機に吸い込まれていく。ブレイク、スパイラルダイブ、ヨーヨー、ループ等のあらゆる技を使い相手を圧倒するドッグファイト訓練は凄まじい。訓練に使うノースアメリカンF86Fセイバーの異次元の操縦性能が五感を通して感じられる。一撃離脱とドッグファイトの戦闘方法は紫電改と同じであるが、大空と雲を突き抜けて行くジェットエンジンの推進力はレシプロ戦闘機の比ではない。二・七トンの推力は圧倒的で僅か二分半で高度八〇〇〇メートルの天空まで、蹴り上げてくれる。最高速度は、時速一〇〇〇キロメートルで飛行可能である。与圧コックピットではあるが、高空八〇〇〇メートル・低空五〇〇メートルが一気に変化する運動環境は人間の限界を超えているように思えた。

教官の青色のストールが目を掠める。大空から睥睨する大地は、小麦、大豆、トウモロコシのパッチワーク畑に覆われている。灌漑が行き届き、一辺一〇マイル（約一六キロメートル）の正方形の中でトラクターが一列に並び収穫作業をしているのが見えた。喚声を上げながら実戦さながらの戦闘訓練を見上げている人々も見えた。カナダ国境に接するノースダコタ州上空、蒼穹の天と広がる緑の絨毯、遥か彼方の五大湖の輝きが信二の滲む瞳に映っていた。

地上に降り立ち、ガンルームでビールを飲んでいた。汗だらけの戦闘機スーツを脱ぎシャワーを浴びた後、咽喉を潤す時間は至福であった。教官のダンも早速ビールの席に加わった。

信二は、日本国防軍から派遣された訓練生ではあったが、将官待遇であった。個室があてがわれ、従卒も一名付いていた。

「信二、君には敵わないよ。捕まえたと思ったら、いつの間にか後ろに回られるから。太平洋で昔会っていたら僕は今ここにはいないよ。君は既に訓練の必要のない完成品だよ」

「ダン、冗談はよしてくれよ。君こそ空中戦闘機動（ACM）の芸術だ。俺こそ昔君に会ってなくて幸運だったよ」

お互いを称《たた》え合い、乾杯を重ねる二人であった。

訓練のパートナー、指導教官のダン・マーシュ中尉とは、訓練を重ねるごとに意気投合して友人になった。彼も海軍パイロットで、レキシントン、サラトガ等の空母に乗り込み、F6Fヘルキャット、P51マスタングを翔って珊瑚海、マーシャル、沖縄等で日本軍戦闘機と激闘を演じた歴戦の戦闘機乗りである。

基地内の将校用レストランの今夜のディナーには、極上のグレービーのかかったマッシュドポテトとビーフステーキが供された。お代わりは自由である。食べながら思った。日本では帝国ホテルでさえ出されないような極上のステーキとかシチュー等の御馳走が普通にどの家庭でも料理され、どのレストランでも提供されている。自動車も、軍の上層部でなければ乗れないような大型大排気量コンパーティブルを普通の若者が乗りこなし青春を謳歌している。

全てが驚きであった。信二にとって凄いことがここでは普通である、それが驚きなのであった。日本は、こんなに豊かな国を相手に戦争をしかけたのか。

無謀にもほどがある。三〇〇万人もの犠牲を被《こうむ》った日本はもっと早く知るべきであった。精神論では万に一つも突破出来ない、鋼鉄の壁が軍事力だけの尺度では測れないアメリカ合衆国であることを。

訓練は、午前は座学、午後は飛行訓練で月曜から金曜まで、土曜は空中戦に耐えられる体力作りのバーベル、鉄棒、ランニング等のアスレチックで構成されている。この週六日間、六ヵ月の訓練でジェットパイロットに必要な条件を徹底的に叩き込まれた。

予科練教育とは甲乙付け難い厳しさだった。ただ違うのは、鉄拳制裁は皆無ということだった。座学は、戦闘機構造、性能、仕様、戦闘理論、整備基礎、国際法、国際情勢。飛行訓練は、戦闘機との格闘戦、護衛、対地攻撃で構成されていた。

国際法、国際情勢まで教えるとは信二にとっては驚きであり、一戦闘員にまで視野の広さを求めるアメリカという国家の懐の深さを強く感じさせるものであった。やはり日本は負けるべくして負けたのだとこの訓練ではっきりと自覚した。

戦闘機乗りとは、古今東西言わば「侠客の徒」であった。喧嘩の技で相手を凌駕はするが出来たら撃ちたくないし、機体に当てても人に当てたくはない。相手が不利な状況、例えば、海に落ちている場合、決して撃たない。先の大戦でも、この不文律の中で戦闘機乗りは戦った。但し、戦争の終盤には掟破りの操縦席射撃は何度か行った。窮鼠猫を噛む。当てても落ちない敵機から自分と味方を守るためであった。それは、お互い言ってはならない事実であった。いつか誰でも死ぬ、ゆえに畢竟《ひっきょう》大空の高みで堂々と渡り合いたい。この戦闘機乗りの共有するスピリットは今でも生きている。ダン中尉とは、お互い少しのわだかまりを記憶に留めながらも、肝胆相照らす間柄となっていた。

基地内には、信二とはなが式を挙げた日本聖公会と同じカトリック系聖フランシスコ会の教会があり、信二もダンと共に日曜日のミサには欠かさず参列した。神父の厳かな祈りと聖フランチェスコの平和の祈りの讃美歌が聖堂に流れた。ダンも敬虔なクリスチャンであった。

主よ、わたしをあなたの平和の道具としてお使いください
憎しみのあるところに愛を　いさかいのあるところにゆるしを
分裂のあるところに一致を　誤っているところに真理を
疑惑のあるところに信仰を　絶望のあるところに希望を
闇に光を　悲しみのあるところに喜びをもたらすものとしてください
主よ、慰《なぐさ》められるより慰めることを　理解されるより理解することを
愛されるより愛することをわたしが求めますように
わたしたちは与えるから受け　ゆるすからゆるされ
自分を捨てて死に　永遠の命をいただくのですから
神のご加護を

信二は、特攻隊員達の最後の言葉を思い出していた。

「見事に死んできます。どうか、後の日本のことをよろしくお願い申し上げます」

言葉とは裏腹に、死にたくなかったのだろうと祈りの言葉の中で、ここアメリカの地で思った。

ダンはミサに参列する折はいつも青いストールを首に掛け、戦闘機に乗る時も首に巻いていた。聖公会で礼拝の際に神父が使用するもので昔から使っているようであった。

国防軍岩国航空隊

信二は、六ヵ月間の訓練を経て一九五四年（昭和二十九年）初頭に岩国基地航空隊へ帰任した。アメリカでのジェットパイロット訓練終了と同時に、准空尉（旧軍飛行長）から一等空尉（旧軍大尉）へ昇任した。防衛省と国防軍が彼の戦歴と優秀な訓練成績を考慮しての昇任であった。

彼は日本で初めての三十名のジェットパイロット候補生の訓練を率いる指揮官となった。日本各地の航空基地から選抜された百戦錬磨の戦闘機乗り三十名で、海兵卒、予科練、陸士卒と色々であった。訓練は峻烈を極めた。二人乗りのジェット練習機はないため、飛行訓練は全てF86F実機を使用した。

また、六ヵ月という短期間で実戦で使えるジェット戦闘機乗りを養成するため、信二が受けたマイノット基地の訓練カリキュラムの方式で行われた。但し、訓練を厳しくする意味と考え方は旧日本軍と全く異なった。

先ず、パイロットは貴重な国家財産であり必ず帰還させなければならない。人権を持った日本国市民であり、安全と生命は尊重されなければならないというアメリカ流の考え方が訓練の根本にあった。鉄拳制裁はとんでもなく、上官の罷免対象となる。脱落者は皆無であった。また、ゆとりと休暇を重視し、日曜は必ず休み、六ヵ月間に二回、一週間の休暇を順次取らせた。精神的負荷の大きいパイロットへは、このアメリカ流は不可欠であった。

はなは、長女はると次女あきと共に岩国基地内の国防軍官舎へ入居した。はなは、東京の古本屋は実家に任せ、サンダース・ホームは休職した上で岩国へ赴いた。三歳になる双子のはるとあきは玉のような女の子で、歌が好きでいつも父親の前で童謡を振付け付きで披露してくれた。並んで座る父の膝の上が最高の休憩場所であった。

信二は群馬の母を想った。出来れば幸せな我が家に引き取りたいと。

広島は美しい街であった。見事に日本の首都として生まれ代わり、東洋のシアトルを体現していた。自然と伝統を調和させた近代都市であった。

日曜ごと、国会議事堂、官公庁前のケヤキ並木の幅広いアベニューでは赤旗を掲げたデモ行進が行われていた。行進は学生、労働組合、主婦等が反戦平和を訴えている。戦前戦中の重苦しい全体主義に比べ、若々しい民主主義を受け入れている象徴的な光景かも知れない。

「若者を二度と戦場に送るな」「日本をアメリカの戦争に巻き込ませるな」

彼らの主張はまっとうなことども思えたが、迫りくる侵略を目前にして、市民運動に名を借りた左翼勢力は本当に日本社会を思い活動しているのか、或いは、工作員の影に支配洗脳されているのか。

「今、あなた方が理想とする共産世界で何が起こっているのか。また、彼らは何をしようとしているのかを知っているのか。かつて、あなた達を守ろうとして多くの尊い命が失われていったことを君達は知らないのか」

信二は思わずそう叫びたかった。人間の醜さと戦争の実態を知らない彼らに日本の明日を築くことが出来るだろうか。

安全保障条約が日米間で結ばれていたが、世論の国、アメリカ合衆国がアメリカの若者の血を流してまでして、日本を守り切る国とも思えなかった。人生という器には、何かを得るには何かを失わなければとの容量限度があることを承知しなければならない。信二にはあらゆる試みの意図が分からなかった。

休みには、家族を連れて広島の街を散策した。岩国から地下鉄で三十分の紙屋町は東京銀座に並ぶ繁華街である。幟町教会のミサに出た後、食事と買い物、映画等を楽しむ四人であった。

涼やかな秋風が夜空にそよいで庭のコスモスを揺らしていた。岩国基地の官舎でも星の輝く夜には蓄音機からベートーベンのピアノソナタが流れていた。

朝鮮戦争

一九五四年六月二十五日、北朝鮮（朝鮮民主主義人民共和国）は突如38度線

を突破し南朝鮮（大韓民国）へ侵入、南下開始した。早朝、黎明の靄を切り裂くカチューシャロケットと重砲群の一斉射撃音が38度線の南空を紅く圧した。崔中隊長は大きく深呼吸の後、指揮下の十二両のT－34戦車に突撃を命じた。

崔志宇《チェジウ》は平壌の朝鮮銀行員を父親に持つ穏やかな家庭に生まれ、日本支配下の朝鮮で育った。満州陸軍軍官学校で学び日本が敗戦になった後、ソ連軍政下、平壌で結成された北朝鮮労働党に入党した。金日成指導部に経歴を買われ、ソ連の戦車学校へ留学し戦車運用、戦略・戦術を修得した。帰国し早速、北朝鮮人民軍に入り装甲師団の中隊の指揮を任されることになった。今回の南朝鮮解放作戦が最初の実戦となる。ソ連製T－34戦車を中心とした機械化部隊に南朝鮮側防衛力は苦もなく捻じ伏せられ、侵入三日後には首都ソウルは占領された。

崔は、日本支配下の平壌で父親の上司の勧めで中学校卒業後、難関の満州陸軍軍官学校に進学、軍人への道を進むこととなった。当時の平壌は空襲もなく、平穏な生活が送れていた。長身、端正な顔立ちの彼は女学生に騒がれたが、実る筈の恋は持ち越されていた。涼やかな優しい風が春の平壌の街に流れていた。

今、解放に名を借りた無差別虐殺を行っている。軍指導部は、降伏しない相手は軍人・民間人に拘らず攻撃せよとの命令を全軍に与えていた。崔は目を閉じて、黙々と避難する一般市民、降伏の意思を示さない南朝鮮軍への容赦ない発砲を命じ続けた。全ては人民民主主義の理想と国家的正義のためであると、良心を心底へ捻じ込んで撃ち続けた。

平壌で生まれ育った崔は、人間関係の機微、女性の麗しさ、日本人を含めた友人達の染み渡る優しさを心に深く刻み込んでいたが、このような良心に関わる思考は全て遮断し、まさに鬼と化していた。崔が労働党に入党したのは、日本人から受けた恥辱と差別に対する怨嗟でもなければ、共産主義思想、権力欲、野望でもなかった。ただ、時代が幾度も変わり、世を動かすのは論理とか正義ではなく、力であることをしっかり認識したからであった。サイパンで、硫黄島で、日本兵がアメリカ兵に残酷に殺された話を聞くにつけ、正しかろうが悪

郵便はがき

料金受取人払郵便

新宿局承認

7552

差出有効期間
2024年1月
31日まで
（切手不要）

160-8791

141

東京都新宿区新宿1－10－1

（株）文芸社

愛読者カード係 行

ふりがな お名前			明治 大正 昭和 平成 年生 歳	
ふりがな ご住所	□□□-□□□□			性別 男・女
お電話 番 号	（書籍ご注文の際に必要です）	ご職業		
E-mail				
ご購読雑誌（複数可）			ご購読新聞 新聞	

最近読んでおもしろかった本や今後、とりあげてほしいテーマをお教えください。

ご自分の研究成果や経験、お考え等を出版してみたいというお気持ちはありますか。

ある　　ない　　内容・テーマ（　　　　　　　　　　　　　　　　　　）

現在完成した作品をお持ちですか。

ある　　ない　　ジャンル・原稿量（　　　　　　　　　　　　　　　　）

書　名			
お買上書　店	都道府県　　市区郡	書店名	書店
		ご購入日	年　月　日

本書をどこでお知りになりましたか?
1.書店店頭　2.知人にすすめられて　3.インターネット(サイト名　　)
4.DMハガキ　5.広告、記事を見て(新聞、雑誌名　　)

上の質問に関連して、ご購入の決め手となったのは?
1.タイトル　2.著者　3.内容　4.カバーデザイン　5.帯
その他ご自由にお書きください。
(　　)

本書についてのご意見、ご感想をお聞かせください。
①内容について

②カバー、タイトル、帯について

弊社Webサイトからもご意見、ご感想をお寄せいただけます。

ご協力ありがとうございました。
※お寄せいただいたご意見、ご感想は新聞広告等で匿名にて使わせていただくことがあります。
※お客様の個人情報は、小社からの連絡のみに使用します。社外に提供することは一切ありません。

■書籍のご注文は、お近くの書店または、ブックサービス(0120-29-9625)、セブンネットショッピング(http://7net.omni7.jp/)にお申し込み下さい。

かろうが、弱いから負けたのだと信じていた。

もはや崖の周りに優しい風は吹いていない。

八月初めには最南端都市釜山は包囲され、北朝鮮軍、中国人民解放軍義勇兵、ソビエト義勇軍の共産勢力連合軍は総攻撃を開始した。機械化装甲された陸軍とミグ15ジェット戦闘機の圧倒的電撃作戦の前に、韓国軍とアメリカ軍は反撃の余力もなく降伏か、脱出かの選択を迫られた。

既にアメリカ軍と韓国軍の多くは、アメリカ海軍と日本国防軍が護衛し日本へ脱出が出来た。しかし、多くの民間人は着の身着のままで貨物船、運搬船、漁船、ジャンク等で日本への脱出を図ったが、何万人もの人がミグ15の掃討射撃の犠牲となった。この時、対馬、壱岐、福岡、島根、山口の多くの漁民は危険を顧みず釜山近海まで船を出し救出を行った。多くの犠牲者が出たのは言うまでもない。残された韓国兵、抵抗した民間人には容赦のない殺戮《さつりく》が待っていた。

一九五四年八月三十一日、南朝鮮は、釜山と済州島を含め、全て北朝鮮側の手に落ちてしまった。制空・制海圏も対馬海峡周辺を除き、全て北朝鮮側の支配下になった。

大韓民国初代大統領の李承晩《リスンマン》は釜山より脱出し対馬に大韓民国臨時政府を置いた。韓国各地から着の身着のままで脱出した一般韓国人は難民として日本国内、対馬はもとより壱岐、福岡、山口、島根へ移住し始めた。この状況は、GHQ指示のみならず国連からの要請であるため、日本政府は拒めなかった。西日本各地に統治権の及ばない無数の難民村が発生し、ただでさえ悪い戦後日本の治安状況の悪化に拍車をかけた。

第二次朝鮮戦争

一九五六年（昭和三十一年）六月、マッカーサーを総司令官とした国連軍の朝鮮半島への反攻作戦が開始された。

国連軍は、まず仁川《インチョン》へ、次は仁川南方一五〇キロの郡山《クンサン》へ、朝鮮東岸の注文津《チュムンジン》への三回の上陸作戦を決行した。仁川上陸作戦以降は二週間の時差をおいて実施された。最初の仁川作戦は、首都ソウル奪回を最優先させ、朝鮮半島中部を抑え戦略的イニシアチブを取るため、二回目の郡山上陸は、仁川上陸軍の背後を守り、次に釜山解放を目指す。最後の注文津上陸は、共産軍の南北補給線と兵站を遮断するというそれぞれの戦略目的があった。

国連軍、というよりアメリカ軍の戦い方は、合理主義で貫かれていた。戦力投入効果を常に最大化するものであった。向かう敵の三倍の戦力で闘い、強力な敵に対すれば逃げるか、時間を稼ぐ策であった。そのため、情報が勝敗の鍵となった。どの上陸地点とも北側にとっては十分な一年以上の戦争準備期間があり、しかも予想された上陸場所であった。

ベトンで固められ地下道で結ばれた砲台、銃座、沿岸の地雷原、近海の水雷原、防潜網が分厚く敷設されていた。アメリカ軍は、北朝鮮軍内のCIA、北朝鮮国内の諜報網を使い、軍事施設の正確な位置を全て掌握していた。サイパン、ペリリュー、硫黄島での苦い経験を省みて合理的・効率的戦法を取っていた。厚さ四メートルのベトンを貫通可能な徹甲爆弾で夜間に高空から精密誘導爆撃で上陸予定地域の砲台、銃座、弾薬庫を全て破壊し、地雷の大部分は航空機から撒いた誘爆弾で無力化し、水雷原は日本国防軍の水雷処理専門部隊が短期間で処理した。ほぼ無力化した上陸予定地に第七艦隊のニュージャージー、アイオア、ウイスコンシン、ミズリーの戦艦から四〇センチ巨砲弾が航空機観測の下で全軍事施設に的確に浴びせられた。

国連軍は、仁川、郡山、注文津の三上陸地点に、予定通り二週間の間隔を置いて上陸に成功した。

殆ど損害のない上陸で大成功と言えた。仁川上陸を果たした国連軍五個師団四万人は、仁川市内に橋頭保を構え首都ソウルへ進撃した。一次と違いM４シャーマン、M26パーシング戦車、バズーカ砲等の強力な兵器を大量に備え、迎撃して来た北のT－34を撃破、圧倒した。その結果、一週間でソウルを奪還した。郡山上陸の国連軍は釜山に向け進撃を開始したが、北朝鮮、中国義勇軍の重砲とT－34戦車による大規模な待ち伏せ攻撃を大邱市郊外で受けた。大戦車戦が繰り広げられたが、国連軍側の戦車、対戦車兵器と日本海に展開する空母群より発進したアメリカ海軍グラマンF9Fパンサー、イギリス海軍ホーカー・ハンターによる空爆でたちどころに制圧された。北側の新鋭ジェット戦闘機ミグ15には対地攻撃装備はなく、接近してもアメリカ空軍のF86Fに追い払われた。

敗れた北側三個師団は釜山へ向かわず山沿いに北へ向かった。そこで注文津上陸の国連軍の迎撃に遭い、大邱より北上した国連軍との間で挟撃される形勢となった。国連軍は降伏を勧告したが、あくまで戦線突破の姿勢を崩さなかった。戦闘は白兵戦も行われ絶望的殲滅戦の様相を呈し、降伏を拒否する部隊は全滅となった。

やがて国連軍は38度線に展開、北からの侵入を阻止し、一昨年の大韓民国の現状回復を果たした。残存する北側の兵力は自ずと釜山へ集まった。

信二は、防衛軍航空隊の岩国航空隊のF86Fセイバー戦闘機三十機の隊長として戦闘任務に就いていた。岩国基地のアメリカ空軍所属のB29戦略爆撃機と横田基地から発進するB29の朝鮮半島の北側拠点爆撃の護衛、及び墜落機の乗員救助ヘリコプター護衛が任務であった。かつてつけ狙ったB29の護衛をするとは運命の皮肉と感じたが、思いを振り払って任務を遂行した。B29三十機と同数の護衛機F86Fで元山港の港湾施設を爆撃時、果たして多数のミグ15の迎撃を受けた。開戦当初、F9F、F80等の海軍機がこの機に歯が立たず次々に落とされ、北のゼロファイター（零戦）と恐れられている北側新鋭ジェット戦闘機である。

B29レーダー搭載機より敵戦闘機接近の無線連絡があり、戦闘機隊に一気に緊張が走った。高度五〇〇〇メートルでまさに爆撃投下寸前であった。信二は、指揮下の十五機は離れずにB29編隊を直接護衛させ、信二機を含め他の十五機は迎撃に向かわせた。信二は、六〇〇〇メートルまで急上昇し確認した敵の六機ごとの二編隊に対し一撃離脱の逆落としを仕掛けた。ミグ15は当然散開し、お互いに反対から接近離脱し、追跡する相手を選んで射撃しあう乱戦、ドッグファイトとなった。

無数の青白い火箭《かせん》が交錯した。急上昇力、旋回性能、降下速度のどれをとってもミグ15が勝っていると感じた。しかし、パイロットの技量は信二側の方が数段優れていた。F86Fの一二・七ミリ機関砲は十機のミグの機体を切り裂き撃墜した。こちら側も三機がミグの二三ミリの犠牲となり、元山上空にミグ機と共に十二のパラシュートの花を咲かせた。乱戦をすり抜けたミグ機二機は全速で急上昇、直接護衛機の隙をついて三七ミリ機関砲の巨弾をB29の二機に叩き付け離脱して行った。しまったと思った瞬間と言ってもいい出来事だった。

B29一機は炎に包まれ降下、大爆発して空中分解して墜落した。乗員脱出の機会はなかった。他のB29は右2エンジンに被弾したが自己消火装置で火災を消し止めていた。B29二十九機は元山港湾施設へ投弾し帰途についた。パラシュートで脱出した二名の部下が海上に着水することを祈った。日本海岸には国連軍の潜水艦が配置されているからである。後ろ髪を引かれながら、再度の襲撃を警戒しながら帰途についた。

信二は、このような出撃を繰り返し行ったが、宿敵ミグの基地への攻撃は出来なかった。ミグは鴨緑江北側、中国領内の洛陽飛行場が基地であり中国領内の攻撃は中国が宣戦布告をしていない以上出来なかった。朝鮮半島の中国兵は義勇軍で、正規軍ではないという事情もあった。実際は、北朝鮮軍の飛行服を着た中国兵か、ソ連兵がミグの搭乗員であった。

38度線以南の朝鮮半島では国連軍上陸以来、各地域、都市、町、村で住民が蜂起し、凄絶なゲリラ戦が展開されていた。北朝鮮側は女性、子供、老人の区別なく敵と見做した集団は容赦なく殺戮をし尽くした。逆に、集団内でも共産・労働側シンパと見做されれば撲殺されるという地獄が現出していた。

対決

信二は、岩国基地の機体掩体壕近くの国防軍航空隊兵舎にいた。当然戦時の臨戦態勢のため、いつでも十分内に発進出来るスタンバイ態勢を取っていた。爆撃護衛の場合は、ブリーフィングルームで作戦計画と各小隊の役割を説明、指示する信二であった。救助のヘリコプター護衛の場合には二小隊六機のF86Fで対応した。今、北朝鮮軍は38度線以北への脱出を図り、南朝鮮各所で国連軍と激戦を繰り広げている。無数の無辜なる市民も例に漏れず犠牲になっていた。

かつての米軍のフィリピン攻略戦での場面が想起される信二であった。

信二は思う。人生の幸不幸とどう折り合いを付けるのか、今の朝鮮の人々の苦難は神の愛と平和の祈りとどう結びつくのか、道筋をどう求めれば良いのか、信二は祈り煩悶した。浮足立つ平和主義、まだら模様の愛国主義、どれをとっても不如意で足元が覚束ない。ワイマール憲法が生んだヒットラー、共産主義が生んだスターリン、どちらも理念を欠き、国民を不幸と恐怖のどん底に陥れた。信二の見た理想の国アメリカの民主主義さえも人種差別と貧富の格差、社会の歪を生んでいる。北朝鮮軍の早期の掃討で解決する問題とは、とても思えなかった。

戦前の信二には考えることさえなかった感性が、今の彼の動揺を物語っていた。今はただ、祈ることしか出来なかった。軍人ではなく、一人の人間として。

信二は、岩国基地から毎日出撃しているが、二週間に一度基地内の自宅官舎に帰宅出来た。部下には交替で一週間に一度家庭へ帰宅させた。これは、米国流の対応である。六歳になったはるとあきは、帰った一時間ばかりは、はなから離れずにいたが、それ以降は「お父ちゃん、お父ちゃん」と片時も離れなくなるのが常であった。家を出る時は「お父ちゃん、行かないで」の泣きながらの大合唱であった。

官舎では毎日、轟音を残して離陸、発進してゆく信二と思われる機影にいつも手を振り、切なく見送る三人の姿が見られた。

「あなた、どうかご無事で帰って来て……どうか、どうか、神のご加護を」

はなの涙は透明で、祈りは長く途切れなかった。

一九五六年八月六日未明、信二はその日の出撃に運命的何かを感じていた。

飛び立った岩国基地から高度を上げて行く眼下には、朝霧がたなびく中国山地が青く揺れていた。郷愁《きょうしゅう》が行くなと耳に響く対馬上空から釜山を西に迂回してヘリコプターとの合流地点に高度を下げながら向かった。黎明《れいめい》に薄く輝く星達が見守っている。静かに流れる海霧の彼方に幻日が浮かんでいる。

B29がミグ15に撃墜され釜山北部に五名の搭乗員がパラシュート降下し、アメリカ空軍により救助された。救助ヘリコプター二機の護衛に二個小隊六機のF86Fで当たることになり、信二の指揮で出撃した。降下地点の上空三〇〇〇メートル付近を三機が哨戒し敵機を警戒、一五〇〇メートル付近では他三機が対空砲火、地上攻撃に備えた。B29搭乗員五人は速やかに二機のヘリコプターに収容され、三機の護衛戦闘機と共に日本海のアメリカ航空母艦に収容されるだろう。早朝の霧のお蔭で成功したと思えた。信二と他の二機は早々に岩国へ帰還しようと高度を上げていた。

蟻の列のような人の群れが霧の下に俯瞰される。釜山市とか近辺の村々からの避難民である。高度を下げて目を凝らしてみると大八車に荷を積み、手をつないだ親子連れ、怪我人を背負った人等の一般市民の列であった。国連軍からの空襲、艦砲射撃から逃れ、より安全と思われる北西部、山間部へ移動しているものと思われる。

突然、砲声、機銃音が鳴り響いたように感じた。人の列に噴煙、紅蓮の炎が上がって人が舞い上がるのが上空からはっきりと視認出来る。北朝鮮軍の機甲部隊が避難民を掃討している。


崔連隊長はT－34戦車に乗車していた。崔は、北朝鮮軍第三機甲師団戦車連隊の連隊長となっていた。今、前方を緩慢に歩んでいる昨日まで釜山の町で共に過ごしてきた隣人達を憎しみを込めて凝視していた。北朝鮮軍が二年前に解放した折、赤旗を掲げて共産主義を歓迎した同胞とも言える連中は、国連軍が上陸に成功した途端、手の平を返すように何事にも非協力的になっていた。

反共産ゲリラになり、国連軍への内通者になる者も多くいた。彼らの裏切りを到底許せなかった。今ここで制裁、殲滅しなければ将来十倍返しで我々が無残に根絶やしされるとの強迫観念に苛《さいな》まれていた。

「撃て、前方の敵を残らず撃ち殺せ」

崔の命令一下、戦車、装甲車、輸送車の砲と機銃が一斉に避難民の列に撃ち出された。避難民はなす術もなく四分五裂し、炎に焼かれ地に臥すだけとなっていた。

信二の操縦桿は知らぬ間に眼下の惨状に向けられていた。部下の二機に帰還を命じた後、単機でT－34戦車群への攻撃を開始した。

彼の記憶装置の中の「汝　殺すなかれ」の言葉が過る。

「殺さないでくれ。彼らに罪はない。頼む」

信二のF86Fから撃ち出す一二・七ミリ機銃弾はT－34戦車の厚い装甲に対しては無力であった。九〇ミリの前部装甲を撃ち抜くことは出来ないので、信二は、一旦急上昇して急降下して加速を付け車体後部の二〇ミリ上部鋼板を撃ち抜く戦法で攻めたてた。何度も何度も繰り返し、三両のT－34戦車のラジエーターを破壊、走行不能にした。命令違反と自覚しながら引き返して来た部下の二機も戦闘に加わっていた。三機のF86Fで十二両のT－34戦車を走行不能にして、避難民への攻撃を阻止することが出来た。憎悪に燃える崔連隊長が信二を見上げていた。

ループ　八月六日

急降下の後、急上昇に移った信二のF86Fに衝撃が走った。対空機関砲であった。信二のF86Fの胴体を貫き尾翼の半分を吹き飛ばしていた。

脱出用パラシュートは弾丸で破損し、もはや機を救う方法は見出せない。それでも、信二は、機をきりもみさせながら更に上昇させ不時着を試みた。無慈悲にも、追尾して来た機銃弾は主翼、操縦席に浴びせられた。愛機は紅蓮の炎に包まれた。

接近して来た部下が何事かを懸命に叫んでいる。雲の下に赤茶けた大地が見える。霞んで行く目に優しいはなの横顔と子供達の可愛い笑顔が映る。

左方には瑞鶴の甲板と手を振る戦友達が見える。体中が焼けるように熱い。急激に磁石に引きつけられるように地面が近づいて来る。意識が遠のいていく。

気がつくと眼下は海で点在する大小の島々が望める。眩しい夏の日差しがコックピットに降り注いでいる。

――俺はいったい何をしているのか、ここはどこなのだ。

外山信二上飛曹は、引き戻されたと感じた。十数年の濃密な時間が消し去られた。

「俺は、戻されたのか。そうか、俺は、八月六日、灰ヶ峰の海軍高角砲に呉上空で誤射され、きりもみ状態で墜落寸前になったのか」

時間がループし甦った。

——今、原爆を搭載したB29が観測機と共に広島上空へ向かっている筈、何とか阻止しなければ……。

上昇して二機のB29を探した。しかし、紫電改では二機の高度八〇〇〇メートルへは、容易に上昇出来ない。斜め上空に二機を目視出来始めたのは八時十三分、爆倉は既に開かれている。こちらはまだ六〇〇〇メートル。

——もう間に合わない。日本の兵站、有数の高射砲群を持つ軍都広島の高射砲はなぜ沈黙しているのか。撃ってくれ、お願いだ、撃てば進路は変わる、八時十四分、もう間に合わない……。

信二は、泣いていた。

——エノラゲイよ、広島を殺さないでくれ。僅かばかりの俺の未来も……。

八時十五分、白いパラシュートが投下され、広島の上空にどす黒い巨大なキノコ雲が立ち昇り衝撃が走った。信二は、追った。エノラゲイに迫った。その時、一機のＰ51が紫電改を斉射、一撃離脱で操縦席を狙った射撃であった。胸と腹を撃ち抜かれ薄れゆく意識の中で、なおも宙返り（ループ）して逃れようとする信二の瞳に敵パイロットの首に巻かれたストールが青く映っていた。

――ダンか……。

愛されるより愛することをわたしが求めますように
わたしたちは与えるから受け
ゆるすからゆるされ
自分を捨てて死に
永遠の命をいただくのです

おわりに

哀しい小説になりました。世に原爆の惨禍とか悲劇を描く小説、書籍は数多くあると思いますが、原爆阻止を語ったものは皆無と言えます。広島が原爆攻撃から回避出来、戦後の復興・再生の象徴となることが出来たとすれば、どのような街になるであろうかと文章で想像してみました。

軍都広島は大陸との玄関口で物流・兵站の要と言われ、西日本有数の対空防衛都市でもありました。当時、最先端の高性能高射砲を都市周辺に配備していましたが、一発も撃たない内に原爆投下され多くの悲惨を生みました。なぜ誰もこのことを言わないのだろう。この憤怒がこの小説を書かせ、外山信二を生みました。

筆者が小学五、六年の時、隣に住んでいた三十歳前後のおじさんが外山信二のヒントとなった方です。理系で数学・工作が得意で、元零戦パイロットで空母葛城の搭乗員でした。空母への三点着陸とか戦闘機の格闘戦、戦闘機乗りの心がけのことなどを遥かに高いレベルで小学生の筆者に教授されたものです。瑞鶴の最期のシーンもこの方から聞きました。

外山信二は、穏やかで平和と家庭を愛する男ですが、時代の渦に巻き込まれ戦争に参加してしまいます。しかし、心の底辺にある「人を殺すな」という信念は最後の最後まで貫き通します。たとえそれが自分の命を奪うことだったとしても彼は納得して死んで行きます。

彼はなぜT－34戦車の薄い天板でなくラジエーターを狙ったのか、それは人を殺したくなかったからです。お蔭で反撃を受け撃墜され一回目の死を迎えます。二回目の死は、広島へ原爆を落とし逃げるB29の護衛をしていた未来の親友ダンに操縦席への直接射撃を受け、静かに死を受け入れる哀しい場面で終わります。武骨で純な信二はタイムループした後も敬虔なクリスチャンであった筈です。だからこそ、許したのです。広島を思い、家族を思い、友人を思い、戦争を憎みました。

概念と仮説を積み重ねただけの作品ではなく、在り得る事実を繋ぎ合わせた小説と言わせて欲しい。井上成美大将と米英両国将軍との終戦交渉は行われ、戦後の従順ならざる唯一の日本人たる白洲次郎とマッカーサーとの駆け引きは白刃を踏むような内容だったことは事実です。両者とも日本と日本人を愛し、信じたからこそ粉骨砕身したのです。事実とは別に、何を志したかを小説で体現しました。

戦後の東京・神田近辺の闇市の世界のことはそのままの様子を書きました。人々がそれまで禁止されていた西洋音楽のレコードを好んで聞いていたのも事実のようです。また、駐留アメリカ兵とパンパンガール（売春婦）の間で図らずも生まれてきた混血児の救済を一部の任侠の徒が行い、岩崎弥太郎の孫娘の澤田美喜嬢が設立したエリザベス・サンダース・ホームのみが引き受けていました。日本政府も駐留アメリカ軍も彼らの存在を否定している中でこの施設は、彼らを真っすぐに育て、世に送り出して行きました。キリスト者の信仰と三菱の哲学・財力が不利を恵みに換えたものと思います。

実は、筆者と澤田家は遠縁に当たるそうで、子供の頃岩山に囲まれとても波静かな入り江の熊井浜で見知らぬ子供達と遊んだ微かな記憶があります。当時も関係者以外は立ち入りできなかったと思います。筆者はキリスト教徒ではありませんが、キリスト教に対し強い共感を覚えています。きっかけはこの辺りにあると自覚しているところです。

ジェット戦闘機の訓練でアメリカ・ノースダコタ州マイノット空軍基地に赴きますが、実際のこの基地はB52重爆撃機の訓練基地で戦闘機訓練は行われていません。ただ、筆者が仕事の関係でノースダコタ州は何度も訪れており、その雰囲気を描いてみました。とても田舎で、広大で、豊かで、大らかな土地柄です。

ダン・マーシュも実在の人物で筆者がアメリカにいた頃のルームメイトです。但し、潜水艦乗りでベトナム戦争の従軍体験を良く聞かされたものです。もちろん、敬虔なクリスチャンでフランチェスコの祈りは彼の日課で、今でも耳に残っています。

思い描く理想の首都、広島も描いてみました。近年の土砂災害を見るにつけ、街に迫る峻険な山々が平野であればどんなに良かったか、こんな思いが新首都広島を描きました。今からでも近代と自然の調和したこんな街になって欲しいと思う次第です。

朝鮮戦争を歴史とは異なる描き方をしていますが、今の国際環境を鑑みて今後在り得る事実と考え惨劇を描いてみました。

話は前後しましたが、最後に言わせてください。

死とは当為でありここに到るまでのドラマを人生と言う。人は必ず死を迎えます。波乱万丈、紆余曲折があり、時代によって正義が変わり迷いに迷うのがドラマになります。常に「正しくあれ、強くあれ、優しくあれ」の信念は変わりません。たとえ、ループがあったとしても。

二〇二一年九月十一日

濵部　素男

著者プロフィール
濵部 素男（はまべ もとお）
1949年、鳥取市で生まれる。
父親の勤務の関係で幼少期より広島市で育つ。
ヤマハ発動機㈱、マツダ㈱勤務。

ループ　八月六日

2022年５月15日　初版第１刷発行

著　者　濵部 素男
発行者　瓜谷 綱延
発行所　株式会社文芸社
〒160-0022　東京都新宿区新宿1－10－1
電話　03-5369-3060（代表）
03-5369-2299（販売）

印刷所　株式会社暁印刷

ISBN978-4-286-23632-2